韓國의 漢詩 27

玉峯・竹西 詩選

한국의 한시 27

옥봉 · 죽서 시선

허경진 옮김

평민사

옮긴이 **허경진**은 연세대학교 국어국문학과를 졸업하고,
같은 대학원에서 문학박사 학위를 받았다. 목원대학교 국어교육과 교수와
열상고전연구회 회장을 거쳐, 연세대학교 국문과 교수를 역임했다.
《한국의 한시》 총서 외 주요저서로는 《조선위항문학사》, 《허균 평전》,
《허균 시 연구》, 《대전지역 누정문학연구》,
《성호학파의 좌장 소남 윤동규》 등이 있고,
옮긴 책으로는 《연암 박지원 소설집》, 《매천야록》,
《서유견문》, 《삼국유사》, 《택리지》, 《허난설헌 시집》,
《주해 천자문》, 《정일당 강지덕 시집》 등 다수가 있다.

韓國의 漢詩 27
玉峯・竹西 詩選

초   판   1쇄 발행일   1987년 12월 26일
초   판   4쇄 발행일   1997년 5월 15일
개정판 1판   1쇄 발행일   2024년 8월 26일

옮 긴 이   허경진
만 든 이   이정옥
만 든 곳   평민사
             서울시 은평구 수색로 340 〈202호〉
             전화 : 02) 375-8571
             팩스 : 02) 375-8573
             http://blog.naver.com/pyung1976
             이메일   pyung1976@naver.com
등록번호   25100-2015-000102호
ISBN   978-89-7115-843-2 04810
             978-89-7115-476-2 (set)
정   가   10,000원

# 머리말

《한국의 한시》제1차분을 내놓은 뒤에, 20권 기획에서 빠진 이옥봉의 시선집도 내어달라는 요청을 받았다.

이옥봉은 허난설헌과 같은 시대에 살았던 여류시인이다. 허난설헌이 규수시인 가운데 으뜸이고 매창이 기생 가운데 첫째 시인이라면, 옥봉은 소실(小室) 가운데 으뜸 시인이다. 조선시대 여인들이 한평생을 살아간 방법이 위와 같은 세 가지였기에, 이번 기획에서도 그들의 특색을 살려 각기 시집을 내게 된 것이다.

소실이란 말은 정실(正室)부인과 대조적으로 불린 이름이다. 보통 지아비들이야 한 지어미에 만족하고 한평생을 살았겠지만, 돈 있고 지체 있고 여유 있는 이들이라면 소실을 두기도 했다. 시앗을 보았다고 질투를 하다가는 칠거지악에 해당된다는 교육을 여인들에게 해왔지만, 정작 소실에게서 태어난 아들딸을 사람답게 키울 조건은 생각지 않았다. 기생 출신도 있었지만, 소실의 딸이 또한 소실이 되곤 했다. 돈 많은 장사꾼들도 소실을 둘 수 있었지만 대개는 풍류를 아는 양반들이 소실을 두었다.

이들 소실은 정실부인과는 다른 매력을 가졌기에 남자를 매어둘 수 있었다. 시를 즐겼던 양반들은 역시 시를 지을 줄 아는 여인에게 매력을 느껴 소실로 두었다. 이러한 소실 가운데는 제법 시인의 수준에 오른 이들도 있었으며, 그 가운데는 시집을 낸 여인들도 있었다.

가장 널리 알려진 여인은 옥봉 이숙원이다. 옥천 군수를 지낸 이봉의 딸이었는데, 어머니가 소실이었기에 그도 또한 떳떳이 시집가지 못하고 소실이 되었다. 1564년에 조원을 만나서 임진왜란 때에 죽기까지 그는 수많은 시를 지었다. 그 가운데 11편은 중국의 《열조시집》 《명시종》에 실리기까지 했다. 그가 유명해지다 보니, 다른 시인들의 시까지도 그의 이름으로 알려지게 되었다. 그러한 시들은 이 책의 본문에서 밝혔다.

1704년에 조정만이 고조부 조원, 증조부 조희일, 조부 조석형 등 3대의 시와 문장을 모아 《가림세고》 3권을 간행했는데, 그 부록으로 고조부 조원의 소실이었던 이옥봉의 시 32편이 덧붙게 되었다. 《옥봉집》이 있었다지만 지금은 따로 전해지지 않기에, 장서각에 있는 목판본 《가림세고》에서 부록 32편을 차례대로 모두 옮겨 실었다. 마지막 2수는 시화에서 옮겨 실었다.

박죽서는 이옥봉보다 250년 뒤의 사람이다. 이 무렵에는 시인들이 모여서 시를 짓고 즐기는 시사(詩社)가 생겨났다. 신분에 따라서 양반은 양반들끼리, 평민은 평민들끼리 모였는데, 죽서와 금원·부용을 중심으로 한 소실들의 시사까지도 생겨났다.

여자들이 너무 유식해지는 것을 달갑게 여기지 않았던 시대였기에, 대개의 여자들에겐 《여사서》·《내훈》·《열녀전》 등 남자들 중심의 봉건사회를 유지하기 위한 의도에서 교육적인 글만을 읽혔다.

그러나 그들은 시를 배웠고, 남편과 시를 주고받았으며, 같은 처지의 여인네들끼리 모여서 자기들의 비슷한 푸념을 시로 읊기까지 했다. 이러한 삼호정(三湖亭) 시단의 대표적인 시인으로 죽서를 뽑아, 옥봉의 시와 함께 한 권의 책으로 묶어 보았다.《죽서시집》에는 166편의 시가 전해지는데, 그 가운데 39편을 골라서 차례대로 옮겨 실었다.

　　조선조 여인들의 정한이 대개는 내방가사와 민요로 읊어진 것에 비한다면, 이들이 지은 한시는 한자를 안다는 그 사실만으로서도 일단은 고답적인 예술이다. 그러나 그들은 끊임없이 기다리며 살아야 했다. 비정상적인 생활 속에서 그들이 겪어야 했던 괴로움과 기다림, 그러면서도 정실부인들이 누리지 못했고 또 누렸더라도 솔직하게 표현할 수 없었던 사랑의 즐거움 등이 이들 소실의 시에선 있는 그대로 표현되었다.

　　조선조 여인들의 삶을 총체적으로 파악하기 위해서는 규수·기생·소실들의 문학작품을 두루 읽어 보아야 한다. 이러한 의미에서 《옥봉·죽서시선》은 엮어졌다. 이 시집이 독자들에게 조금이라도 도움이 된다면 다행이겠다.

　　— 1987년 초가을에
　　허경진

차례

박죽서 시선

이옥봉 시선

이씨는 종실의 후손이다. 운강공의 소실인데, 옥봉은
그 호이다. 그가 지은 시 32편이 있는데, 다 없어지고
전해지지 않을 것을 아쉽게 여겨, 이에 책(가림세고) 끝
에다 붙인다.

―《가림세고》부록《옥봉집》머리말

다락에 올라
登樓

키 작은 흰 매화 더욱 빛나고
우거진 푸른 대나무 더더욱 고와라
다락에 기댄 채 내려가질 못하겠네
환하고 둥근 달을 기다려야겠네

小白梅逾耿、　　深靑竹更姸。
憑欄未忍下、　　爲待月華圓。

다락에 서니

樓上

여섯 구비 붉은 난간이 맑은 강물을 눌러 섰고
상서로운 안개가 푸른 장막에 젖어드네
밝은 달빛 보느라 바다가 저문 줄도 몰랐는데
구의산[1] 아래서는 흰 구름만 일어나네

紅欄六曲壓銀河。　　　瑞霧霏微濕翠羅。
明月不知滄海暮、　　　九疑山下白雲多。

---

1) 중국 호남성 영원현 남쪽에 있다. 순임금의 사당이 있다.

반달 눈썹을 그리네
漫興贈郎

버들숲 강머리에 임이 오시나, 말 울음소리
반쯤 깨인 듯 취한 얼굴로 다락 앞에서 내리시네
임 그리다 여윈 얼굴 거울 보기도 부끄러워
매화 핀 창가에 앉아서 반달 눈썹을 그려 보네

柳外江頭五馬嘶。　　半醒半醉下樓時。
春紅欲瘦臨粧鏡。　　試畵梅窓却月眉。

혼자 즐거워

自適

처마에 괴었던 빗물 방울져 떨어지는데
베갯머리 삿자리는 새벽 들며 더욱 차라
꽃도 다 진 뒤뜰에서 봄잠도 달갑건만
지지배배 제비가 보고파 발을 걷어야겠네

虛簷殘溜雨纖纖。　　枕簟輕寒曉漸添。
花落後庭春睡美、　　呢喃燕子要開簾。

가을이 되니
秋思

비취발이 성글어 바람을 못 막으니
서늘한 가을 기운이 창틈으로 스미네
방울방울 맑은 이슬 달빛에 반짝이고
풀 밑에서 벌레들은 가을 왔다 노래하네

翡翠簾疏不蔽風。　　新涼初透碧紗櫳。
涓涓玉露團團月、　　說盡秋情草下蟲。

귀래정

歸來亭

벼슬을 내어놓고 일찌감치 돌아와
시냇물 나뉜 곳에다 정자를 세웠네
이 시냇가에 옛주인 있던 걸 내 이제야 알았으니
갈매기 해오라기와도 벗님이 되어야겠네
기장이 익으면 술부터 담아야지
마음이 한가로우니 구름이라도 된 듯해라
이곳에 숨은 채로[1] 늙도록 살아봐야지
부름 받았던 선비[2]들을 업신여기진 않으리라

解綬歸來早、　　亭開一水分。
溪山知有主、　　鷗鷺得爲群。
秫熟先充釀、　　心閑欲化雲。
菟裘終老計、　　非是傲徵君。

■
1) 도구(菟裘)는 전국시대 노나라의 땅 이름. 은공(隱公)이 숨어 살았다.
2) 학문과 덕행이 아름다워서 임금이 불렀지만 벼슬하러 나가지 않은 선비.

눈을 보면서

詠雪

세속 떠난 몸이러니, 문 닫은들 어떠랴
쇠덕석[1] 덮고 눈물 흘리며, 돌아가지도 못한다네
구름 깊은 산길에선 자리처럼 흩날리고
바람 도는 하늘에선 티끌처럼 휘몰리는구나
강가가 희어져, 모래도 아니건만 기러길 내려앉게 속이고
창이 밝아져, 새벽인가 하고 시름겨운 사람을 겁나게 하네
강남에 오늘쯤이면 매화도 피었겠지
바닷가 하늘 끝까지 몇 나무에나 봄이 왔을까

閉戶何妨高臥客、　　牛衣垂淚未歸身。
雲深山徑飄爲席、　　風捲長空聚若塵。
渚白非沙欺落雁、　　窓明忽曉怵愁人。
江南此日梅應發、　　傍海連天幾樹春。

■
1) 소 등에 덮은 멍석. 한나라 왕장(王章)이 입신출세하기 전에, 추위를 견
디려고 쇠덕석을 덮고 잤다.

가을밤은 한스러워라

秋恨

꿈 깨어 이불 옆을 보니 한쪽은 그저 비었을 뿐
붉은 비단 너머로 밤새 등불만 붉구나
서리가 차갑다고 앵무새는 새장 속에서 우는데
뜨락에 가득한 오동잎 가을바람에 흩떨어지네

絳紗遙隔夜燈紅。　　夢覺羅衾一半空。
霜冷玉籠鸚鵡語、　　滿堦梧葉落西風。

피 얼룩진 대나무

斑竹怨

두 왕비[1] 그 옛날 순임금을 따라서
남쪽으로 달려가 상수[2] 사이를 헤매었지
피눈물이 흘러서 상수 대나무를 적셨으니
여지껏 상수 대나무에 피 얼룩무늬 있어라
구름 속 깊은 곳에 구의묘가 있고
해마저 창오산으로 떨어지네
두 왕비 맺힌 한이 강물 속에 있건만
도도히 흐르는 물은 돌아오지 않아라

二妃昔追帝、　　南奔湘水間。
有淚寄湘竹、　　至今湘竹斑。
雲深九疑廟、　　日落蒼梧山。
餘恨在江水、　　滔滔去不還。

∎
* 이 시는 같은 시대의 시인인 이달의 《손곡집》에도 실려 있다.
1) 순(舜) 임금의 두 아내인 아황(娥皇)과 여영(女英). 요(堯)임금의 딸들
   이다. 순임금이 창오산에서 죽자, 함께 달려와 상수에 빠져 죽었다.
2) 광서성 계림 부근에서 시작하는 강. 동북으로 흘러 호남성을 거쳐 동정
   호에 이른다.

연밥을 따는 노래
採蓮曲

남쪽 호숫가에서 연밥을 따는 처녀들
날마다 남쪽 호숫가로 돌아오누나
얕은 물가엔 연밥도 가득하건만
깊은 연못엔 연잎마저 드물어라
노 저어 가기엔 고운 여자 힘겨워
물 얕은 곳으로 치마 걷고 건너네
무심코 노 저어 돌아오다가
날아가는 원앙새를 부럽게 바라보네

南湖採蓮女、　　　日日南湖歸。
淺渚蓮子滿、　　　深潭蓮葉稀。
蕩槳嬌無力、　　　水濺越羅衣。
無心却回棹、　　　貪看鴛鴦飛。

■
* 〈채련곡〉은 악부체(樂府體)의 노래. 양(梁)나라 무제(武帝)가 처음 지었
  는데, 남녀의 연정을 주로 읊었다. 다정다감한 시인들이 이 관습에 의해
  비슷한 제재의 시를 많이 남겼다.
* 같은 시대의 시인인 이달의 《손곡집》에도 〈채릉곡〉이란 제목으로 이 시
  가 실려 있다. 끝 구절이 '연잎 밑의 원앙새를 날려 보냈네[葉底鴛鴦
  飛]'이다.

여울에서
寶泉灘卽事

복사꽃 물결 높이가 그 몇 자나 불었는지
하얀 바윗돌이 물속에 가리워져 찾지도 못하겠구나
해오라기는 짝지어 놀다가 자기 서 있던 깃돌을 잃어버려서
물고기를 입에 물고는 갯부들 숲속으로 날아가 숨었네

桃花高浪幾尺許。　　　銀石沒頂不知處。
兩兩鸕鷀失舊磯、　　　唧魚飛入菰蒲去。

■
* 이 시는 김종직의 문집인 《점필재집》에 실려 있다. 허균도 또한 《성수시
화》에서 이 시를 김종직의 시로 내세우면서 평하였다.

위의 11편은 명나라의 《열조시집(列朝詩集)》에 실려 있는데, 그 제사
(題辭)에 이르기를, "이숙원(李淑媛)은 호를 옥봉주인(玉峯主人)이라고
한다. 승지 학사 조원(趙瑗)의 첩인데, 왜란을 만나서 죽었다"라고 하였
다. 그러나 〈보천탄〉 시는 《점필재집》에 실려 있고, 〈반죽원〉·〈채련곡〉
두 시는 이달의 시집 가운데 실려 있어서, 누구의 시가 옳은지 자세히
알 수 없다. 다만 여기에 실어서, 믿을 만한 것은 그런대로 전하고, 의심
스러운 것도 그런대로 전할 뿐이다. (원주)

옥봉 집안의 연못

玉峯家小池

옥봉 집안에 작은 연못이 있어
물 위에 달빛이 반짝 빛나네
원앙새 짝지어 날아 내리니
거울 속 하늘 모습 그대로여라

玉峯涵小池、　　　池面月涓涓。
鴛鴦一雙鳥、　　　飛下鏡中天。

찾아온 손님이 고마워
謝人來訪

음수는 문군¹⁾의 집
청산은 사조²⁾의 오두막
뜨락엔 빗물 속에 나막신 자국
문 앞엔 나귀가 눈 속을 걸어와 섰네

飮水文君宅、　　　靑山謝眺廬。
庭痕雨裏屐、　　　門到雪中驢。

■
＊ 음수는 바로 자기(이옥봉)가 살고 있던 곳이다. 《지봉유설》
1) 임공(臨邛)의 부자인 탁왕손(卓王孫)의 딸, 과부로 있다가 사마상여의
   거문고와 노래에 반하여, 그를 따라 달아났다. 아버지가 화내며 절연하
   자, 한때 술집을 차리고 부부가 함께 손님들 시중을 들기도 했다. 늙은
   뒤에 사마상여가 무릉 여인을 첩으로 삼으려 하자, 탁문군이 〈백두음(白
   頭吟)〉을 지어 마음을 돌리게 했다.
2) 남제(南齊)의 문인. 초서·예서도 잘 쓰고, 오언시도 잘 지었다.

이별의 슬픔
別恨

임 떠난 내일 밤이야 짧고 짧아지더라도
임 모신 오늘 밤만은 길고 길어지이다
닭소리 들리고 날도 새려는데
두 눈에선 눈물이 하염없이 흐르네

明宵雖短短、　　　今夜願長長。
鷄聲聽欲曉、　　　雙臉淚千行。

초승달

初月

그 누가 곤륜산 옥을 캐어다
저리도 맵시나게 반 얼레빗 만들었을까
날 두고 임 떠나신 그 뒤로부터
시름겹고 산란스레 저 하늘에 내던져졌네

誰採崑山玉、　　　巧成一半梳。
自從離別後、　　　愁亂擲空虛。

■
* 이와 비슷한 시가 《소화시평》에선 황진이의 시로 전해 온다. 다만 둘째
　구절은 '직녀의 머리빗[裁成織女梳]'으로 셋째 구절은 '견우와 한번
　헤어진 뒤[牽牛一別後]'로 실려 있다. 그러나 이것은 당나라의 옛 시
　이다.

큰아들에게

贈嫡子

묘한 재주 어릴 적부터 자랑스러워
동방에 우리 모자 이름 날렸지.
네가 붓을 휘두르면 바람이 일고
내가 시를 지으면 귀신도 곡했지

妙譽皆童稚、　　　東方母子名。
驚風君筆落、　　　泣鬼我詩成。

오지 않는 임을 기다리며
閨情

약속을 해놓고도 임은 어찌 이리도 늦나
뜨락에 핀 매화마저 다 떨어지려고 하는데
갑자기 가지 위에서 까치 울음을 듣고는
거울 속 들여다보며 공연히 눈썹만 그린다오

有約郎何晚、　　庭梅欲謝時。
忽聞枝上鵲、　　虛畫鏡中眉。

남을 위해 억울함을 호소하며
爲人訟冤

세숫대야로 거울을 삼고
참빗에 바를 물로 기름삼아 쓰옵니다
첩의 신세가 직녀 아닐진대
낭군께서 어이 견우가 되리이까

洗面盆爲鏡、　　　梳頭水作油。
妾身非織女、　　　郎豈是牽牛。

■
* 조원의 첩 이씨는 글을 잘 지었다. 한 촌 아낙네가 있었는데, 그의 남편
이 소를 훔쳤기 때문에 옥에 갇히게 되었다. 이씨가 그 상황을 글로 쓰
면서 그 끝에 이런 구절을 붙였다.
　　첩의 신세가 직녀 아닐진대
　　낭군께서 어이 견우가 되리이까.
태수가 읽어 보고서 기이하게 여겨서, 드디어 남편을 풀어 주었다.《요
산기(堯山記)》에 보니까, "이백(李白)이 아직 벼슬을 하기 전에 소를 몰
고서 현령이 있는 마루 앞을 지나가는데, 현령의 아내가 화를 내면서 꾸
짖었다. 이백이 시를 지어서 사죄했다.
　　만약 그대 직녀가 아니시라면
　　어찌 견우에게 물으시나요?
　　若非是織女、　　　何得問牽牛.
현령이 기이하게 생각했다"라는 부분이 있다. 이 구절은《시학대성(詩
學大成)》에도 나오는데, 소도둑에게까지 끌어다가 썼다니, 재미있는 일
이다. - 이수광《지봉유설》

외롭게 산다고 전해 주소서

離怨

임 그리는 깊은 정을 어이 쉽게 말하리까
뉘에게 하소연하려 해도 더욱 부끄럽기만 하여라
떨어져 지내는 내 소식을 임께서 만일 물으시거든
아직도 옛 화장 남은 그대로 외로이 다락에 있다 전해 주소서

深情容易寄、　　　欲說更含羞。
若問香閨信、　　　殘粧獨倚樓。

괴산군수가 되신 낭군 운강공께
賦雲江公除槐山

낙양의 재자 가의[1]는
벼슬 싫다고 거짓 미쳤으니 참으로 우스워라
한번 임금 곁을 떠났다지만
장사왕 태부 될 줄이야 누가 알았으랴

洛陽賈才子、　　　佯狂眞可嗟。
一辭天上後、　　　誰念在長沙。

■
1) 가의(賈誼, B.C. 200-168). 한나라 문인. 낙양 사람. 스무 살 때 문제(文
帝)가 불러서 박사를 내리고, 그 뒤에 양(梁) 회왕(懷王)의 태부(太傅)
가 되었다.

비

雨

종남산 허리에 푸른 빗줄기 걸렸네
이쪽엔 빗방울 날리건만 저쪽은 맑게 개었네
구름장 흩어지며 햇빛이 새어 나왔지만
하늘 덮은 소낙비는 강을 가로지르네

終南壁面懸靑雨、　　　紫閣霏微白閣晴。
雲葉散邊殘照漏、　　　漫天銀竹過江橫。

배꽃

詠梨花

백낙천은 이 꽃을 양귀비에 견주었고
이태백은 자기 시에서 백설향이라 불렀지
풍류롭고 미묘한 모습 따로 또 있으니
한밤중 달빛 아래 자욱한 꽃안개일레

樂天敢比楊妃色、　　　太白詩稱白雪香。
別有風流微妙處、　　　淡煙疎月夜中央。

어린 기생을 생각하면서
呼韻贈妓

열여섯 살 고운 기생 노래도 잘 부르네
모시적삼이 엷어서 흰 살결 눈부셔라
가여울사, 계수나뭇잎 눈썹 나직이 내리깔고
달 밝은 밤 어느 집에 불려가 자고새 노래를 부르려나

二八嬋娟小念奴[1]。　　苧衫輕渾雪肌膚。
可憐桂葉低雙翠、　　明月誰家唱鷓鴣。

<hr>

1) 원문에 나오는 염노(念奴)는 당나라 현종 때의 명창이다. 그의 이름을
  따서 〈염노교(念奴嬌)〉란 사곡(詞曲)이 생겼다.

외로운 여인의 마음
閨情

평생의 이별 뼈저린 한이 되어 끝내는 병으로 도졌으니
술로도 달래지 못하고 약으로도 못 고치네
얼음 속을 흐르는 물처럼 이불 속에서만 눈물 흘렸으니
밤낮으로 적셔 내렸다지만 그 누구가 알아줄거나

平生離恨成身病、　　酒不能療藥不治。
衾裏淚如氷下水、　　日夜長流人不知。

칠석
七夕

끝없이 서로 만나니 무슨 걱정 있으랴
떠도는 인생 이별하고야 견줄 게 없네
하늘에선 아침저녁으로 만나는 것을
인간들은 부질없이 일년 만에 만난다 하네

無窮會合豈愁思。　　　不比浮生有別離。
天上却成朝暮會、　　　人間謾作一年期。

영월을 찾아가면서
寧越道中

닷새는 강을 끼고 사흘은 산을 넘었지
노릉[1]의 구름 속에서 슬픈 노래 끊어지네
첩의 몸도 또한 왕실의 자손이라서
이곳의 접동새 울음은 차마 듣기 어려워라

五日長干三日越、　　哀詞吟斷魯陵雲。
妾身亦是王孫女、　　此地鵑聲不忍聞。

---

1) 단종(端宗)의 무덤. 원래 이름은 장릉(莊陵)이다. 단종이 세조에게 임
금 자리를 빼앗긴 뒤 노산군(魯山君)으로 강등되어 영월로 추방되었다.
1457년 가을에 금성대군이 단종 복위를 계획하다가 발각되어, 노산군
은 12월 24일에 죽음을 당하였다. 영월에 있는 그 무덤을 나중에 장릉
이라 하였다.

임 그리워라

自述

요사이 우리 임은 어찌 지내시나
창가에 달빛 비치면 내 가슴 한스러워라
꿈속의 내 몸이 자취 있었더라면
그대 집 앞 돌길은 벌써 모래밭 되었으리라

近來安否問如何。　　　月白紗窓妾恨多。
若使夢魂行有跡、　　　門前石路已成沙。

병마사에게
贈兵使

장군의 호령은 번개 바람처럼 급하고
적의 목 베어 거리에 내건 기세 사납기도 해라
북소리 울리는 곳에 쇠피리도 함께 울고
달이 바다에 잠기자 물고기들도 춤을 추네

將軍號令急雷風。　　萬馘懸街氣勢雄。
鼓角聲邊吹鐵笛、　　月涵滄海舞魚龍。

삼척으로 좌천된 남편을 따라와서
秋思

진주[1] 나무들에 서리가 내려서
성안에는 벌써 가을이 가득 찼어라
마음은 언제나 왕궁 옆에 있지만
이 몸은 바닷가 끝에서 일에 매였네
흐르는 눈물 막을 길 없고
한양 떠난 시름도 견디기 어려워라
임과 함께 임금 계신 북극을 바라보니
강 위에는 죽서루(竹西樓)만 높이 솟았어라

霜落眞珠樹、　　關城盡一秋。
心情金輦下、　　形役海天頭。
不制傷時淚、　　難堪去國愁。
同將望北極、　　江山有高樓。

■
＊ 이때 운강공이 삼척부사가 되었다. 진주는 삼척의 옛이름이다. (원주)
　 옥봉의 남편 조원(趙瑗)이 1583년 7월 22일 삼척부사에 임명되었다.
1) 진주(眞珠)란 삼척의 옛 이름이지만 서리가 내린 나무의 모습이기도
　 하다.

계미년 북쪽 난리

癸未北亂

전쟁이 비록 선비의 일과 다르다지만
나라 걱정에 도리어 머리털만 희어지네
적 무찌를 이때에 곽거병[1]이 생각나고
작전을 세울 오늘에 장량[2]이 그리워지네
경원성에서 흘린 피로 산과 강물 붉어졌고
아산보[3] 요사한 기운으로 햇빛까지 흐려졌어라
서울에 반가운 소식 늘 오지 않아
강호의 봄빛마저 올해사 서글퍼라

干戈縱異書生事、　　憂國還應鬢髮蒼。
制敵此時思去病、　　運籌今日憶張良。
源城戰血山河赤、　　阿堡妖氛日月黃。
京洛徽音常不達、　　江湖春色亦凄涼。

■

* 1583년 1월에 함경도 경원에 살던 오랑캐들이 난을 일으켜 성을 함락시켰다. 2월에 신립(申砬)이 이 오랑캐들을 격파했으며, 7월에 그 두목을 목 베었다.
1) 한나라 장군. 흉노를 여섯 차례나 격파했고, 그 왕들을 목 베거나 사로잡았다. 무제(武帝)가 그에게 상품으로 집을 주었지만, "흉노가 아직 다 없어지지 않았는데, 어찌 집을 받겠습니까?"라면서 사양하였다.
2) 유방을 도와 한나라를 세우고, 뛰어난 지략으로 천하를 통일하였다. 통일 후에는 스스로 만족하고, 은퇴하여 신선처럼 살았다.
3) 함경도 경원부 동쪽 75리에 있던 요새. 국립중앙도서관이나 규장각에 있는 《가림세고》에는 아포(牙浦)라고 씌어 있지만, 아보(阿堡)가 옳다.

봄날의 그리움

春日有懷

멀고 먼 도회지로 임 보내고 애가 타서
잉어 속에 편지[1] 써서 한강 가로 보냅니다
꾀꼬리는 새벽비 속에 서글피 울고
푸른 버들 휘늘어져 봄빛을 바라보았어요
뜨락은 고즈넉해 풀만 자라고
거문고도 처량하게 먼지만 쌓였네요
그 누가 생각할까, 목란배 위의 나그넬
광릉 나루에는 흰 마름꽃만 가득 덮었어요

章臺迢遞斷腸人。　　雙鯉傳書漢水濱。
黃鳥曉啼愁裏雨、　　綠楊晴裊望中春。
瑤階寂歷生靑草、　　寶瑟凄涼閉素塵。
誰念木蘭舟上客、　　白蘋花滿廣陵津。

■
1) 먼 곳에서 온 나그네가
　　나에게 한 쌍 잉어를 주었어요.
　　아이를 불러 잉어를 삶으라 했더니
　　그 속에서 비단에 쓴 편지가 나왔어요.
　　客從遠方來,　　遺我雙鯉魚.
　　呼童烹鯉魚,　　中有尺素書. -〈고악부〉에서

서목사의 소실이 보내 준 큰 글씨에 감사하며

謝徐牧使益小室惠題額大字

가늘고도 힘 있게 써서 뛰어난 글씨를 이뤘으니
유공권[1] 서체의 남은 자취를 보았네
진서는 바람 속을 높이 나는 봉황과 같고
큰 글씨는 피어올랐다 부서지는 구름이어라
산속 서재에다 걸었더니 범이 뛰어오르는 듯하고
강가 다락에 잠시 두었더니 날아오르는 용 같아라
위부인[2] 붓솜씨야 건장한 줄 알겠거든
소약란[3]의 재주로야 어찌 혼자 뽐내리요

---

* 서목사의 이름은 서익(徐益)이다. 호는 만죽(萬竹)이고 자는 군수(君受) 인데, 부여 사람이다. 벼슬은 부사에까지 올랐다.
1) 원화란 당나라 헌종의 연호이다. 유공권(劉公權)의 글씨가 원화시대에 가장 이름났으므로, 유우석의 시에서 그의 글씨를 원화각(元和脚)이라 고 표현했다.
2) 진(晋)나라 때에 예서를 잘 쓴 여자.
3) 소혜(蘇蕙)의 자가 약란인데, 부풍(扶風)에 살던 두도(竇滔)의 아내이 다. 도가 부견(符堅)에게 벼슬하여 진주(秦州) 자사가 되니, 조양대 (趙陽臺)를 총애하였다. 소혜가 그를 질투하여, 남편과도 사이가 나빠 졌다. 도가 양양으로 옮겨 가면서, 끝내 양대만 데리고 임지로 떠났다. 혜와는 소식도 끊었다. 혜가 뉘우치고 가슴 아파하고는, 비단을 짜면서 글씨를 수놓았다. 200여 수나 되는 시를 수놓아, 도에게 보냈다. 도가 살펴보고는 감격하여, 양대를 관중으로 내보내고 예를 갖추어 혜를 다 시 맞아들였다.

몸은 난초가지 같아도 생각은 굳세어
옥처럼 가냘픈 손으로도 웅혼케 휘둘렀네
정신으로 만 리 길 사귀고 글씨로 통하니
여의주로 갚으리다, 옥동자를 낳으소서

瘦硬寫成天外態、　元和脚跡見遺蹤。
眞行翥鳳飄揚裏、　大字崩雲結密中。
試挂山軒疑躍虎、　乍臨江閣訝騰龍。
衛夫人筆方知健、　蘇若蘭才豈擅工。
體若蕙枝思卽壯、　指纖叢玉掃能雄。
神交萬里通文墨、　爲謝驪珠白玉童。

이별은 괴로워

苦別離

서쪽 집 처녀 열다섯 때에
동쪽 집 쓰라린 이별 비웃었었지
오늘 이럴 줄이야 어찌 알았으랴
검은 머리 하룻밤에 올올이 축 늘어졌네
고운 임 느닷없이 길 떠난다 말 매는데
가슴속엔 풍운의 기약만 가득 찼어라
사내의 부귀공명 스스로 때가 있고
여자의 한창 때는 홀연히 지나간다네
울음을 삼키고서 탄식한들 어쩔거나
얼굴을 가리면서 마주 보기 피했어라
낭군 소식 들으니 강성현을 벌써 지나
거문고 끼고 혼자 강남 물가에 닿았다네
이 내 몸 한스러워라, 기러기처럼 날개 돋쳐
훨훨 날아서 멀리 따를 수도 없구나
화장대 밝은 거울도 보기 싫어 내버렸네
봄바람에 비단옷으로 언제 다시 춤출 건가
하늘 끝에 계신 임 꿈속에서도 길을 몰라
인생의 시름이사 위로한들 어쩌겠소

西隣女兒十五時。笑殺東隣苦別離。
豈知今日坐此限、靑鬢一夜垂絲絲。
愛郎無計繫驄馬、滿懷都是風雲期。
男兒功名自有日、女子盛歲忽已馳。
吞聲那敢歎離別、掩面却悔相見違。
聞郎已過康城縣、抱琴獨對江南湄。
妾身恨不似江鴈、翩翩羽翮遙相隨。
粉臺明鏡棄不照、春風寧復舞羅衣。
天涯魂夢不識路、人生何用慰愁思。

제비
詠燕

단청 기둥은 깊숙하고 푸른 휘장은 나직한데
짝지어 오가던 제비 다시금 깃을 쳤네
실버들 동구 밖에 봄바람은 저물고
푸른 풀 연못엔 가랑비가 지나가네
나비 쫓아 몇 번이나 약초밭을 넘나들었나
종일토록 둥지로 미나릴 쪼아 날랐네
몸 붙일 보금자리 지내기도 아늑해서
해마다 새끼 길러 도와 줄 날개 든든하다네

畫棟深深翠幔低。　　雙飛雙去復雙棲。
絲楊門巷東風晚、　　靑草池塘細雨過。
趁蝶幾番穿藥圃、　　壘巢終日啄芹穩。
托身得所捿偏穩、　　養子年年羽翼齊。

《가림세고》 발문

   증조부[1] 죽음공(竹陰公)의 문집이 세상에 간행된 지 오래되었다. 그러나 고조부 운강공(雲江公)의 시와 문장은 임진왜란 때에 다 없어졌고 찾아 모아서 남게 된 것은 겨우 열 가운데 한둘밖에 안 된다. 조부[2]의 《근수헌유고(近水軒遺稿)》는 공의 외손인 부제학 고 임영실(林泳實) 공이 정리하였다. 죽음공이 지은 글은 단지 과제(科製) 7편만을 실었다. 문집이 있기 때문이다. 선친[3]께서 세상에 계실 때에 3대의 시와 문장을 모아서 《가림세고(嘉林世稿)》라 이름 짓고 장차 목판에 새기려다가 이루지 못했다.

   불초가 강서의 사또가 되어 죽음공의 문집을 다시 간행하고 그 여력으로 이어서 이 《가림세고》를 간행하니 모두 상·

■
* 이 글이 《옥봉집》 끝 장에 실려 있지만, 사실은 《가림세고》 전체의 발문이다.
1) 조희일(趙希逸: 1575~1638). 시로 이름을 떨쳤지만, 허균이 역적으로 죽을 때에 따라서 쫓겨났다. 인조반정 뒤에 참판까지 올랐다.
2) 조석형(趙錫馨: 1598~1656). 광해군 때에 아버지의 유배지를 따라다니다가 인조반정 뒤에 장원급제하였다. 3대가 모두 장원급제로 이름났다.
3) 조경망(趙景望: 1629~1694). 호는 기와(寄窩), 군수에 올랐지만 기사환국(己巳換局)이 일어나고 송시열이 죽게 되자 벼슬을 내버리고 책만 읽었다.

중·하 3편이다. 또한 운강공의 소실인 옥봉 이씨가 지은 시를 책 끝에다 덧붙인다. 이도 또한 선친의 뜻이다. 그 문장의 높고 낮음은 스스로 정해진 값이 있으니 자손들이 감히 말하지 못하겠다. 다만 올바로 평가해 줄 사람을 기다려서 논하고자 한다.

숭정 기원 후 77년[4] 갑신 불초손 정만(正萬)[5]은 삼가 쓰다.

---

4) 숭정(崇禎)은 명나라 마지막 황제인 의종(毅宗)의 연호이다. 이자성이 북경을 함락시킨 숭정 17년(1644)에 의종 황제는 자살하고 명나라는 망했지만, 명나라에게 의리를 지키려는 사람들은 청나라의 연호를 쓰지 않고 숭정 연호를 계속 썼다. 숭정 77년은 1704년이다.
5) 호는 오재(寤齋: 1656~1739). 벼슬은 형조판서에 올랐다.

박죽서 시선

竹西
詩選

새에게
十歲作

창밖에서 우는 저 새야
간밤엔 어느 산에서 자고 왔느냐
산속 일은 네가 잘 알겠구나
진달래꽃이 피었는지 안 피었는지

窓外彼啼鳥、　　　何山宿便來。
應識山中事、　　　杜鵑開未開。

■
* 죽서가 열 살 때 지었다는 시이다.

봄 저물며 임 그리워

暮春書懷

꽃 떨어지며 날씨가 초가을 같아
고요한 밤 은하수도 맑게 흐르네
기러기가 못 된 이 몸 한스러워라
원주라 임 계신 곳 해마다 못 가네

落花天氣似新秋。　　夜靜銀河澹欲流。
却恨此身不如雁、　　年年不得到原州。

피리소리를 들으며
聞笛

바람은 창으로 불어오고 달도 지는데
누구의 피리소리일까, 깊은 한이 맺혔어라
다 떨어진 매화 한 곡조를 전하고
꺾어진 버들가지 여운이 서글퍼라[1]
임 그리는 내 귓가에 바람결처럼 와 닿고
임 보내는 내 마음에 흐느끼듯 와 적시네
남은 잠을 깨고 나니 애가 더욱 타건만
외로운 등불도 꺼지려 하고 밤만 더욱 어두워라

風吹羅幕月西沈。　　橫笛誰家怨恨深。
落盡梅花傳一曲、　　折來楊柳悵餘音。
飄飄故人懷人耳、　　咽咽偏關送客心。
殘夢驚回腸斷處、　　孤燈欲滅夜陰陰。

■
1) 매화나 버들은 피리 가락의 비유이기도 하지만, 곡조의 이름이기도
하다.

오라버니께
奉呈舍兄

한 가지에 태어난 동기가 바로 형제이지
할미새[1] 돌아오는 꿈에 그 몇 번이나 놀랐던가
한번 헤어진 뒤 벌써 삼년 옛 모습 이젠 바뀌었지만
서로 만나 목소리 들으니 그제야 오라버닌 줄 알아봤어라

同氣連枝是弟兄。　　　鶺鴒歸夢幾廻驚。
一別三年形已改、　　　相逢只可辨音聲。

■
1) 할미새는 시에서 형제를 뜻한다.《시경》〈상체(常棣)〉에,

　　할미새가 들판에 있으니
　　형제들이 어려움을 급히 구해 주네.
　　脊令在原,　兄弟急難.

이란 구절이 있다. 할미새는 원래 물가에 사는 새이니, 들판에 있는 것
은 그 생활근거를 잃은 것이다. 그러므로 그 무리를 찾아 울면서 날아다
니는 것을 형제들이 어려움을 구해 주는 데다 비유한 것이다.

늦은 봄날

暮春書懷

잠도 안 오기에 울타리 따라 거닐며
푸르른 나무 속에서 빈 하늘을 바라보았네
닫힌 방에도 봄은 오고 산 그림자 아득한데
창 너머 꾀꼬리는 저녁놀 속에서 노래하네
임이 놀던 녹음방초 해마다 비에 젖고
진달래 남은 꽃도 밤마다 바람에 졌어라
흐르는 세월 속에 인생은 늙어만 가고
지난 일을 생각하니 추억은 끝이 없어라

睡餘散步小墻東。　樹色蒼然望更空。
閉戶春歸山影外、　隔簾鶯語夕陽中。
王孫芳草年年雨、　蜀魄殘花夜夜風。
流水光陰人欲老、　回尋前事竟無窮。

오라버니를 그리면서

懷伯兄

올해 봄도 다 가면서 꽃잎마저 다 떨어지는데
바람까지 불지 않아 이 시름 흩어 버릴 길 없어라
말 타고 돌아오니 구름은 아득하고
저녁해도 다 저무는데 피리 소리만 안타까워라
떠나실 때 주신 말씀 이 가슴속에 간직했지만
꿈속에서만 보게 되니 계신 곳을 그 누가 알랴
산과 언덕 겹겹이 쌓여 눈앞을 가렸기에
발을 걷고 하릴없이 난간에 기대었네

一年春事落花殘。　　風未吹愁愁百端。
匹馬東歸雲漠漠、　　斜陽西盡角難難。
別時留話心中在、　　行處誰知夢裏看。
萬疊峯巒遮望眼、　　捲簾徒倚曲闌干。

문득
偶吟

황혼녘에 홀로 앉아 무얼 찾자는 건가
가까이 두고도 서로 그릴 뿐, 시름이 그칠 날 없네
밝은 달도 밤 깊어 가면 천고의 꿈속에 들고
고운 꽃도 봄 다 가면 일년이 시름겨워라
마음이 철석 아니어든 내 어찌 걷잡으랴
몸이 새장에 있어 자유롭지 못해라
세월은 사람을 버린 채 바삐 가버린다네
다리 아래 개울물이 동으로만 흐르는 걸 보소

黃昏獨坐竟何求。　　咫尺相思悵未休。
明月夜沈千古夢、　　好花春盡一年愁。
心非鐵石那能定、　　身在樊籠不自由。
歲色背人長倏忽、　　試看橋下水東流。

새벽에 앉아

曉坐

한 줄 기러기 떼가 멀리 울면서 날아가고
댓잎소리 이따금 빗소리에 섞여 들리네
외로운 등불마저 꺼지려 하는데
새벽달 아직 남아 뜨락 동쪽에 걸렸어라

一陣歸鴻叫遠風。　　竹聲時雜雨聲中。
寒燈欲滅香初歇、　　曉月猶遲小院東。

섣달 그믐밤

除夕

집집마다 폭죽 소리에 온 거리가 야단법석
송구영신 재촉하느라 촛불도 새빨갛구나
반쯤 떨어진 매화꽃잎엔 섣달의 눈이 남았는데
새벽닭 우는 소리 봄이 왔다 소리치네
무정하게 또 보내 이 해도 다 갔으니
힘 있어도 돌리지 못할사, 이 밤도 다했어라
예부터 가는 세월 모두 다 꿈이었으니
나도 모르는 새 이 인생도 늙었구나

家家爆竹九街通。　　新舊相催燭影紅。
半落梅猶餘臘雪、　　一聲鷄已報春風。
無情又遣今年去、　　有力難回此夜窮。
萬古消磨應是夢、　　人生老在不知中。

임에게

寄呈

거울 속에 병든 이 몸 그 누가 가여워하랴
원망으로 생긴 병은 약으로도 못 고친다오
저승에서 임과 내가 바꾸어 태어난다면
임 그리던 오늘 밤 내 마음을 그때 아마 아시겠지요

鏡裏誰憐病已成。　　不須醫藥不須驚。
他生若使君爲我、　　應識相思此夜情。

내 마음만 괴로워라
有懷

비낀 해는 서산에 지고 달은 동산에 떠올랐는데
등불 앞에 홀로이 눕자 세상 모든 일이 헛되어라
온 천지에 밤들면서 모두들 고즈넉한데
어찌 내 마음속만 이다지도 괴로운가

斜暉西盡月生東。　　獨臥燈前萬事空。
天地夜來俱寂寞、　　如何煩惱此心中。

이별이 없었더라면
遣懷

그리워도 볼 수 없어 다락에 기대어 서니
촛불만 공연히 내 시름 더해 주네요
만약 인생살이에 이별이 없다면야
신선과 벼슬도 구하지 않겠어요

相思不見獨依樓。　　燭影空添一段愁。
若使人生無暫別、　　不求仙子與封侯。

겨울밤

冬夜

눈빛이 환한 하늘로 멀리 기러기는 비껴 날고
매화 처음 떨어지니 꿈이 더욱 맑아라
북풍은 밤이 새도록 초가집 처마 끝에 불고
차가운 대나무 서너 그루에선 빗소리가 들리네

雪意虛明遠雁橫。　　　梅花初落夢逾淸。
北風竟夜茅簷外、　　　數樹寒篁作雨聲。

헤어지긴 왜 하고서

有懷

엎치락뒤치락 찬 이불 속에서 밤새 잠 못 들고는
거울 속 들여다보니 얼굴 야위어 가엽기만 해라
헤어지긴 왜 하고서 이토록 괴로워하나
예로부터 사람 산다는 게 백년도 못 된다던데

轉輾寒衾夜不眠。　　　鏡中憔悴只堪憐。
何須相別何須苦、　　　從古人生未百年。

까치소리를 들으며
述懷

그대 생각 않으려 해도 저절로 그대 생각난답니다
그대에게 묻겠어요. 무슨 일로 늘 떨어져 있어야 하나요
까치가 기쁜 소식 전한다지만 그런 소리 하지도 마세요
혹시 올까 몇 날 저녁을 가슴 조이며 기다렸어요

不欲憶君自憶君。　　問君何事每相分。
莫言靈鵲能傳喜、　　幾度虛驚到夕曛。

그림에다
題畫

다락 위엔 푸른 산, 아랜 시냇물
살구꽃 수양버들이 언덕 둘렀어라
북창 아래서 봄잠을 즐기다 보니
솔그늘 흔들리며 해가 저무네

樓上靑山樓下溪。　　　杏花垂柳繞長堤。
北窓春睡應須足、　　　松影參差日向西。

고향 그리워

思故鄕

난간에 기대어 서니 더욱 서글픈데
북풍 눈보라에 날은 저무네
기러기 울음소리 구름 밖에서 들려오길래
동쪽 하늘 바라봤지만 고향은 아득해라

獨倚欄干恨更長。　　　北風吹雪夜昏黃。
數聲鴻雁遠雲外、　　　東望故園天一方。

겨울밤

冬夜

얼어붙은 하늘 깨뜨리느라 종소리도 처지며 들려오네
맑은 달빛 드문한 별들 먼동이 떠올라오네
지다 남은 매화꽃만이 서글픈 빛으로
이듬해 오늘에 다시 시를 짓자고 훗날 만날 기약을 하자네

鍾聲破凍報偏遲。　　　淡月稀星浴曉時。
怊悵殘梅留後約、　　　明年此日更題詩。

임에게

寄呈

촛불을 밝히고서 새벽까지 지샜어요
외로운 기러기 울음 차마 듣지 못하겠어요
서로 그리는 이 마음 바윗돌 같아
꿈 깨고도 또렷해라, 앞에 계신 것 같아요

燭影輝輝曙色分。　　　酸嘶孤雁不堪聞。
相思一段心如石、　　　夢醒依稀尙對君。

뜨락을 거닐며

偶吟

고요한 새소리 혼자 즐기며 걸었네
겹문을 굳게 닫고 낮에도 열지 않았네
신선이 사는 집 같아 아무런 일도 없으니
명승지가 어찌 반드시 봉래산[1]에만 있다던가

聽殘幽鳥獨徘徊。　　　沈閉重門晝不開。
淸似仙居無一事、　　　名區何必在蓬萊。

■
1) 신선이 산다고 하는, 상상 속의 섬. 발해에 있다고 전한다. 방장(方丈).
   영주(瀛洲)와 함께 삼신산(三神山)의 하나이다. 여름철의 금강산을 말
   하기도 한다.

임에게

奉呈

거울 속 내 얼굴, 너무나 말라 놀랐어요
내 마음은 새장에 갇힌 백한[1] 같네요
가까이서도 안 오시니 천리나 먼 듯해서
지는 해 보기 서러워 사립문을 닫았어요

莫驚憔悴鏡中顔、　　心似金籠鎖白鷴。
咫尺還如千里遠、　　愁看落日掩柴門。

---

1) 새 이름으로, 공무에 매이거나 유배지에 구속된 신세를 비유하는 말이
　다. 당나라 옹도(雍陶)의 〈손 명부가 구산을 생각하는 시에 화답하다
　[和孫明府懷舊山詩]〉라는 시에 "가을에 와서 달을 보자 돌아가고 싶
　은 생각 많으니, 스스로 일어나 조롱을 열고 백한을 놓아주네.[秋來見
　月多歸思, 自起開籠放白鷴.]"라고 하였다.

임 편지를 받고서

夜吟

새벽에 바람처럼 임 편지 오느라고
청사초롱에 꽃이 지고 거미줄 쳤었던가
둘이서 그리는 정 그 누가 간절할까
밝은 달만 은근히 아는지 모르는지

一札飄然到曉時。　　　靑燈花落喜蛛垂。
兩邊情緒誰相念、　　　明月慇懃知未知。

임 그리워

即事

불현듯 임 그리워 벌떡 일어나 앉았네
옆 사람이 의아해 물으니 이 마음 더욱 부끄러워라
말 못할 내 가슴속을 그 누가 아는가
꺼져가는 저 등잔불만이 바로 알아주겠지

驀地相思驚起坐、　　傍人猜問意還慙。
不言誰會心中事、　　一炷殘燈定有諳。

병중에

病中

병드니 즐거운 일 하나도 없고
꿈속에서 생각만 늘 오고 가네
이러다가 죽어서 새가 되면
임 계신 곳마다 따라다니리

淹病伊來一笑稀。　　　夢魂長是暗中歸。
此身若使因成鳥、　　　不暫相離到處飛。

상사병으로 누워서

絶句

잎 떨어진 나무 가지 끝에 벌써 가을이 깊었기에
사립문 닫아걸고 혼자서 밤 지새네
약으로 이 상사병 고칠 수만 있다면
천금 많은 돈이라도 아낄 사람 없어라

蕭蕭落木已秋深、　　　獨掩柴扉夜色沈。
若使相思能有藥、　　　定無人更惜千金。

겨울밤

冬夜

1.

납일[1] 전에 눈 많이 온다고 말하지 마오
내년엔 반드시 풍년가를 들으리다
세월은 머물지 않고 당당히 흘러가건만
변변찮은 저 인생은 어쩔 줄을 모르네
이불 차가워 잠 못 들고 외로운 등불 꺼지려는데
서리 같은 새벽달 아래 외기러기 날아가네
밤새도록 북풍이 초가집 밖에서 불어 대니
소나무 소리까지도 강 물결 소린 듯 들려라

臘前莫說雪頻多。　　來歲應聞擊壤歌。
歲色堂堂應不住、　　人生碌碌奈渠何。
寒衾無夢孤燈落、　　曉月如霜獨雁過。
竟夜北風茅屋外、　　松聲還訝聽江波。

---

1) 납일은 동지 다음에 세 번째 오는 술일(戌日)이다. 납일 전에 눈이 세 번
　내리면, 농가에선 이듬해 풍년이 들 징조로 삼았다.

2.
하늘 가득 눈 내려 다락까지도 덮이니
가까이 계신 그리운 임 꿈에도 오질 못하시네
세월은 저 물과 같아 붙잡을 수 없으니
천금을 아낄 게 없네, 술잔치나 자주 할 밖에

滿天雪意奄樓臺。　　　咫尺懷人夢不來。
叵耐光陰如逝水、　　　千金莫惜酒頻開。

유랑에게

寄柳娘

산림 속의 그대 모습 비록 못 보았거니와
평안하다는 편지 받고 내사 기뻐라
깊은 골짜기에 자란 난초 향기 오히려 그윽하고
맑은 못에 잠긴 달빛 그림자 더욱 차가워라
꽃다운 그대 모습 변치 않았다니 기쁘네
그대의 덕망이야 옛사람에게서도 찾기 어려워라
내 몸이 게을러 항상 병이 많으니
그리운 마음만 만 갈래일 뿐, 부끄러워라

林下風標縱未看。　　書來惟喜得平安。
蘭生深谷香猶馥、　　月在澄潭影更寒。
只喜芳姿今不改、　　欲求令德古應難。
如吾懶散常多病、　　却愧相思意萬端。

시름겨워
遣懷

푸른 숲이 안개에 싸여 먼 산을 둘렀고
때때로 미풍이 불어와 거문고를 스치네
일년 꽃들은 술잔 속에서 피었다 지고
반나절 빗소리는 누각 밖에서 거세네
병든 지 오래 되자 못 지킨 약속만 많고
시를 지어 놓고도 알아줄 벗을 기다리네
저 새야 베갯머리에 와서 울지나 말렴
깜짝 놀라 깨어선 울음 속에 임을 찾네

碧樹和烟鎖遠岑。　　微風時拂倚窓琴。
一年花事酒中盡、　　半日雨聲樓外深。
病久幾多違踐約、　　詩成還欲待知音。
枕邊莫使來啼鳥、　　驚罷西隣啼裡尋。

시름 백년

奉和雲皐 · 三疊

사람이 백년을 산대야 시름만 백년인 것을
예부터 바로 이 가을이 가장 견디기 어려웠다오
서풍이 건듯 불어 오동나무에 스치니
이파리마다 정에 얽혀 다락 아래로 떨어지네

百年人在百年愁。　　從古難堪最是秋。
西風偏入梧桐樹、　　葉葉關情墜下樓。

■
* 운고(雲皐)는 서유영(徐有英, 1801-1874)의 호이다. 죽서가 같은 운으
로 5수를 지었는데, 그 가운데 제3수이다.

병을 앓고 나서
病後

앓다 일어나니 봄도 벌써 지났기에
마음은 갈피를 못 잡고 배처럼 흔들리네
아무 일도 없어서 초목과 함께 하지만
그윽하게 산다고 해서 신선을 배우는 건 아니라오
상자 속엔 시가 있지만 어느 누가 화답하랴
거울 속에 파리한 얼굴, 내 보기에도 가여워라
스물세 해 그동안 한 일이 무엇인가
반생은 바느질에다 또 반생은 시를 썼네

病餘已度杏花天。　心似搖搖不繫船。
無事只應同草木、　幽居不是學神仙。
篋中短句誰相和、　鏡裡癯容却自憐。
二十三年何所業、　半消針線半詩篇。

다시 강서에 노닐면서

再作江西行

나뭇잎 지는 소리 어찌 차마 들으랴
뜰에 가득 마른 풀 나무들 이름도 모르겠어라
가을 하늘 푸르기만 해 마음도 깨끗하고
밤하늘에 달 밝으니 꿈 더욱 맑아라
천리 산남에서 옛이별 생각하니
이년 강북 생활에 이번 여행이 우스워라
서풍 부는 요즈음 기러기들 돌아간다니
시를 빌려 이 내 심정 아뢰고파라

晚節那堪落不聲、　　滿庭衰草不知名。
秋天一碧心俱淨、　　夜月虛明夢亦淸。
千里山南懷惜別、　　二年江北笑今行。
西風近日多歸雁、　　願借餘音寄此情。

가을날
秋日

가을바람 비를 몰아 앞산에 다가오니
기러기들 울면서 저마다 돌아가네
지난밤 무서리에 붉게 물든 나뭇잎 보고
봄빛이 벌써 숲에 찾아왔나 잠시 의아했네

西風吹雨過前山。　　　鴻雁聲高個個還。
昨夜淸霜染紅葉、　　　還疑春色尙林關。

오라버니 그리워

懷伯兄

가파른 산길, 산 넘어 또 산이 있어
한번 헤어진 뒤론 몇 해를 못 만났어라
새벽 등불 아래서 그리움 더욱 간절컨만
평안하단 소식은 언제 알리려나, 알 수 없어라

崎嶇長路幾重山。　　一別將爲隔歲顏。
曉壁寒燈懷盆切、　　不知何日報平安。

밤에 앉아서

夜坐

북두칠성 한 바퀴 돌고 달도 지는데
한 가닥 등잔불만이 내 맘 비추네
백약이 있다지만 애끓는 것 못 고치니
내 인생도 갇힌 새처럼 한스러워라

天回斗轉月西沈。　　一炷殘燈獨照心。
百藥難醫腸斷處、　　吾生從此恨籠禽。

한밤

夜吟

솔바람소리 쇄쇄 비파를 뜯는 듯
맑고 성기게 깔린 별들로 밤빛 더욱 아득해라
해마다 남북으로 왔다가 가는 기러기야
누굴 위해 높이 떠서 줄지어 나느냐

松濤隱隱奏琵琶。　　澹抹踈星夜色賒。
借問年年南北雁、　　爲誰迢遞一行斜。

금원의 편지를 잇달아 받아보고
連見錦園書

벗이 날 위로하려 재삼 편질 보내니
몇 줄 안 된 글이지만 그 뜻은 넘쳐라
변변치 못한 술일망정 약이 되나니
시든 꽃 비록 있다지만 쉬 떨어질레라
저마다들 병을 얻어 서로 찾지 못했지만
혼자 지내기 좋아하는 게 그 어찌 인정이랴
여러 벗님네들 문안받기 부끄러우니
속세 떠나 살자던 생각 도리어 옅어져라

故人慰我再三書。　書不成行意有餘。
薄酒猶賢當取藥、　衰花雖在易歸虛。
自從身病無相問、　豈是人情好獨居。
慙愧諸君勤問訊、　離群絶俗計還疎。

예 놀던 고을에 와서
縣齋偶題

세상을 잊었더니 몸이 절로 한가해져
필마로 돌아와 옛 즐기던 봄을 다시 보네
동각[1]의 매화도 이제 다시 피어서
티끌 하나 안 섞인 맑은 향기 흩날리네

世機忘却自閑身。　　匹馬西來再見春。
東閣梅花今又發、　　淸香不染一纖塵。

------

1) 사천성 간양현 동쪽에 있는 땅 이름. 두보의 시에 '동각 궁중의 매화가
  시흥을 일으키네[東閣宮動 動詩興]라는 구절이 있다.

생각만 끝없어라

謾吟

밝은 달이 약속이나 한 듯 작은 뜨락 동쪽에 찾아드니
큰길 밖에서 들려오던 사람들 말소리도 고요해졌네
난간머리에 우두커니 섰더니 다시금 서글퍼져
시를 지을래도 지어지지 않고 생각만 끝없어라

明月如期小院東。　　人聲初靜九街中。
欄頭佇立還悄悵、　　詩轉難成意不窮。

박죽서 시선 발문

아아, 이 시집은 죽서가 지은 것이다. 이를 대하니 마치 그 사람을 보듯, 맑은 눈동자와 붉은 뺨이 은은히 글씨 위에 비친다.

아아, 그 맺어짐이여.

죽서를 아는 자들이 모두 그의 재주와 지혜가 규중에 이름난 것을 알 뿐이지만, 그가 고요하게 살며 자연을 즐기는 정취가 있음은 오직 나만이 안다. 올바른 눈을 가진 자가 그 시를 읽는다면, 또한 내 말이 거짓이 아님을 알게 될 것이다.

죽서는 나보다 몇 살 아래인데, 어려서부터 한 고을에 살다가, 자라서도 또한 같은 한양으로 시집왔다. 서로 왔다 갔다 하며 주고받은 시가 많았는데, 이제 갑자기 옛 자취가 되었다.

저 세상에서 나와 죽서가 함께 남자로 태어나면 혹은 형제가 되어서, 혹은 친구가 되어서 서로 시를 주고받을는지도 모르겠다. 이 생각이 잘못되었는지? 아아, 슬프다.

　- 신해년(1851) 황양월 중순에 금원 쓰다

부록

玉峯·竹西
詩選

옥봉과 죽서, 그 고통의 승화

조선시대를 살았던 여성들은 칠거지악(七去之惡)·삼종지의
(三從之義)·부창부수(夫唱婦隨)·여필종부(女必從夫) 등 당시의
윤리적인 덕목에서 볼 수 있듯이, 자율적인 인간으로서의
권리를 박탈당하고 남성들에게 부속되는 존재로 머물러 있
었다.

이러한 남성우위의 사회 속에서도 사대부 집안의 여성들이
그나마 안정된 위치를 차지했던 반면, 서녀나 기녀 출신의 소
실들은 계급적인 이유 때문에 이중의 질곡에서 시달렸다.

이옥봉과 박죽서는 바로 이러한 신분에서 자신들의 문학
적인 재능을 꽃피웠고, 따라서 시작품 속에는 그들이 겪은
사람의 아픔이 투영될 수밖에 없었다.

[이옥봉]

그는 옥천군수를 지냈던 이봉(李逢)의 서녀로 태어났으며,
뒤에 조원(趙瑗)의 소실이 되었다. 그의 생몰연대를 정확히
알 수는 없으나, 선조 때의 이항복, 유성룡, 정철 등과 교류
가 있었다는 사실로 미루어 보아, 옥봉은 주로 16세기 후반
에 활동하였으리라고 생각된다.

그의 작품들은 《명시종(明詩綜)》, 《열조시집(列朝詩集)》, 《명원시귀(名媛詩歸)》에 전해져왔고, 《가림세고(嘉林世稿)》의 부록에 실린 《옥봉집》에 33편이 수록되어 있다. 허균은 〈학산초담(鶴山樵談)〉에서 옥봉의 시를 평하기를, "시가 매우 맑고도 굳세어서 얼굴 단장이나 하는 부인들의 말투가 아니다"라고 하였고, 〈영월도중(寧越道中)〉, 〈사서목사익소실혜제액대자(謝徐牧使益小室惠題額大字)〉, 〈규정시(閨情詩)〉를 뽑았다.

이수광은 《지봉유설(芝峯類說)》에서 〈송인왕여강시(送人往驪江詩)〉, 〈사인내방(謝人來訪)〉, 〈노산묘시(魯山墓詩)〉[1], 〈규정시〉를 수록하고 한 가지 일화를 적고 있다.

　"조원의 첩 이씨는 글을 잘 지었다. 어떤 한 촌부가 있었는데, 그의 남편이 소를 훔쳤다는 혐의를 받고 옥에 갇히었다. 이씨가 그를 위하여 소장(訴狀)을 써주었는데, 그 끝에다 말하기를, '첩의 몸은 직녀가 아닙니다. 그런데 어찌 남편이 견우일 수 있겠습니까[妾身非織女 郎豈是牽牛]'라고 하였다. 태수가 보고 기이하게 여겨 마침내 석방하였다고 한다."

옥봉의 시세계를 살펴보면, 우선 기다림과 헤어짐의 정한(情恨)을 발견하게 된다.

옥봉의 대표적인 작품의 하나로 널리 알려진 〈규정시〉를 읽어 보면,

■
1) 〈영월도중〉과 같은 작품임.

약속을 해놓고도 임은 어찌 이리도 늦나
뜨락에 핀 매화마저 다 떨어지려고 하는데
갑자기 가지 위에서 까치 울음을 듣고는
거울 속 들여다보며 공연히 눈썹만 그린다오

　오신다던 그 임은 어찌 그리도 늦으시는지. 행여나 까치소리에 임이 오실까 하여 부질없이 오지 않는 임을 위해서 여인이 보여주는 기다림의 몸짓이 애처롭기만 하다. 이 기다림의 시적 공간은 매화와 가지, 그리고 여인이 모두 임을 향해 배열되면서 애틋한 서정으로 가득 찬다.
　그러나 가느다란 희망을 내포한 기다림보다도, 헤어짐이 옥봉에게 가슴 찢어지는 아픔을 안겨 준다.

임 떠난 내일 밤이야 짧고 짧아지더라도
임 모신 오늘 밤만은 길고 길어지이다
닭소리 들리고 날도 새려는데
두 눈에선 눈물이 하염없이 흐르네

　임 떠난 내일 밤이야 어떻든, 임 계신 오늘 밤만은 길고 길기를 바라는 옥봉. 임의 존재는 옥봉의 삶 속에서 하나의 질서가 되어, 임과의 이별을 예고하는 새벽닭의 울음소리는 옥봉으로부터 삶의 빛을 빼앗아가고 암흑의 시간을 예고한다.
　옥봉은 끝없는 이별을 되풀이하는 임과의 관계에다 자신의 모든 것을 내던져 맡김으로써, 그것이 하나의 뿌리가 되어 존재하게 되는 것이다.
　우리는 옥봉의 시 속에서 차지하는 임의 절대적인 위치를 보면서, 옥봉에게 주어진 운명의 절대고통을 이해하게 된다.

결국 옥봉의 시는 그러한 절대고통의 누에고치 속에서 뽑아 낸 한 가닥의 고운 명주실인 것이다.

이밖에도 〈사서목사익소실혜제액대자〉(이 책의 44쪽에 실려 있음)도 옥봉의 재능이 잘 발휘된 수작이라 하겠다.

[박죽서]

그도 역시 선비인 박종언(朴宗彦)의 서녀로 태어나 서기보 (徐箕輔)의 소실이 되었다. 호를 반아당(半啞堂)이라고 한 그 의 생몰연대도 확실하지 않다. 다만 태어난 해는 1817년 이 전이었다. 1847년에 한강변의 삼호정에서 같은 소실 시인 이었던 김금원(金錦園) 등과 수창하였다는 사실과 죽서가 죽 은 뒤에 시를 편집하려던 해가 1851년이었음을 미루어서 1847년에서 1851년 사이에 죽었으리라고 추측된다. 따라 서 옥봉과는 삼백 년에 가까운 시간적 거리를 두고 있다.

그의 문집인 《죽서시집》에는 180편 정도의 시가 수록되 어 있는데, 서문은 남편인 서기보가 쓰고 종친인 서돈보(徐惇 輔)가 부서하였으며, 발문은 삼호정 시단 동인이었던 김금원 이 썼다. 특히 김금원과의 문학적인 교유는 주목할 만한 사 실로, 당시 김금원이 거처하던 삼호정에는 이들 외에도 김 운초(金雲楚)·김경산(金瓊山)·김경춘(金瓊春) 등이 중심인물이 되어 문학적 재능을 겨루며, 자신들의 불행한 처지를 위로 하던 모임이 있었다. 이 모임은 삼호정 시단으로 불리기도 하는데, 그 주체가 교육의 혜택으로부터 소외된 여성들이었 다는 점이 특기할 만하다. 죽서는 그들 중에서도 금원과 절 친하였으니, 금원이 쓴 발문에서도 잘 나타나 있다.

"오호라, 이 시집은 죽서가 지은 것으로, 이를 대하니 마치 그 사람을 대하는 듯하구나. 그의 맑은 눈동자와 붉은 뺨이 은은하게 책갈피 사이에 비치니, 귀하게 여길 만하다. 죽서를 아는 사람들은 모두 그가 재주 있고 슬기로워 부녀자로 이름이 났다는 것을 알며, 그 담담함에 이르러서는 임하풍미(林下風味) 있음을 안다. 안목이 있는 사람이 그 시를 읽으면 그 말이 거짓이 아님을 알게 될 것이다. 죽서는 나보다 몇 살 아래이고, 같은 고향 사람이었다. 수창이 오고간 것이 많았는데, 이제는 옛날 일이 되고 말았도다. 하지만 다음 세상에 나와 죽서가 함께 남자로 태어나, 혹 형제붕우가 되어 서로 창화하여 이 글을 마칠는지도 알지 못하겠다."

또한 금원은 《호락홍과(湖洛鴻瓜)》라는 시집에서 죽서의 문장이 한퇴지(韓退之)와 소동파(蘇東坡)를 사모하였고 시도 기고(奇古)하였다고 평하였다.

다음에서는 옥봉과 죽서의 시를 비교하면서 죽서의 시세계가 지닌 특색을 알아보기로 한다.

평생의 이별 뼈저린 한이 되어 끝내는 병으로 도졌으니,
술로도 달래지 못하고 약으로도 못 고치네.
얼음 속을 흐르는 물처럼 이불 속에서만 눈물 흘렸으니,
밤낮으로 적셔 내렸다지만 그 누구가 알아줄거나.
– 옥봉의 〈규정〉

거울 속에 병든 이 몸 그 누가 가여워하랴.
원망으로 생긴 병은 약으로도 못 고친다오.
저승에서 임과 내가 바꾸어 태어난다면

임을 그리워하던 오늘 밤 내 마음을 그때 아마 아시겠
지요.
- 죽서의 〈기정(寄呈)〉

　첫 번째 시는, 평생토록 맛보는 이별의 한이 가슴에 사무
쳐서 오직 눈물로 지새우는 옥봉의 현실을 묘사하고 있다.
죽서가 쓴 두 번째 시에도, 임과의 이별이 가슴에 사무쳐서
불치의 병이 되는 심정은 다를 바 없다.
　그러나 찬 이불 속에서 남모르게 눈물 흘리는 옥봉과 달
리, 죽서는 다음 세상에서 임이 내가 된다면 이 밤에 느끼는
서러움을 알게 되리라고 표현하였다. 이와 같은 죽서의 의
식은 지척이 천리 같아, 오지 않는 임을 기다리다가 문을 닫
고야 마는 '咫尺還如千里遠、　愁看落日掩柴門。'의 시구에서
도 나타난다.
　즉 옥봉의 의식이 자신의 존재방식에 그 나름대로 순응하
는 반면, 죽서의 강한 자의식은 자신의 존재방식에 대해 회
의적인 방향으로 흐르고 있다고 하겠다. 예를 들면,

　　기러기가 못 된 이 몸 한스러워라,
　　원주라 임 계신 곳 해마다 못 가네.

　　마음이 철석 아니어든 내 어찌 걷잡으랴,
　　몸이 새장에 있어 자유롭지 못해라.

　　거울 속 내 얼굴 너무나 말라 놀랐어요.
　　내 마음은 새장에 갇힌 갈매기 같네요.

이러다가 죽어서 새가 되면
임 계신 곳마다 따라 다니리.

백약이 있다지만 애끓는 것 못 고치니
내 인생도 갇힌 새처럼 한스러워라.

등의 시구에서, 죽서는 자신을 조롱 속에 갇힌 새로 표현
하거나 새가 되어 훨훨 자유롭게 날아가고 싶어 하는 소망
을 나타내고 있다. 또한 죽서는 '외로운 기러기'[孤雁], '기러
기'[鴻雁], '외기러기'[獨雁] 등 기러기와 관련된 시어를 빈
번하게 사용하고 있는데, 여기서 현실의 속박과 외로움을
탄식하며 자유로움을 희구하는 그의 모습을 거듭 확인할 수
있다.

그러나 죽서의 자유로움에 대한 희구는 현실 속에서 이루
어질 수 없는 것이기에, 그의 의식은 인생의 허무감이라는
본질적인 차원으로 심화된다. 그래서 죽서는 다음과 같은
시를 읊었다.

앓다 일어나니 봄도 벌써 지났기에
마음은 갈피를 못 잡고 배처럼 흔들리네.
아무 일도 없어서 초목과 함께 하지만
그윽하게 산다고 해서 신선을 배우는 건 아니라오.
상자 속엔 시가 있지만 어느 누가 화답하랴.
거울 속에 파리한 얼굴, 내 보기에도 가여워라.
스물세 해 그동안 한 일이 무엇인가
반생은 바느질에다 또 반생은 시를 썼네.

이 같은 시가 창작된 것은 아마도 죽서가 병약한 탓도 있었으리니, 죽서가 금원의 편지에 답하는 시[連見錦園書]에서 보여주는 다정함도 눈물겹다.

이상에서 살펴보았듯이 옥봉과 죽서는 모두 서녀 출신으로 소실이었다는 불행한 삶의 조건으로 해서, 전반적으로 기다림과 헤어짐의 고통을 시적으로 승화시킨 작품이 많다.

이들은 조선의 여류문학사 속에서 규수문학을 대표하는 난설헌, 기생문학을 대표하는 매창과 더불어 소실문학을 대표한 인물로서 등장하게 된다.

그것은 역설적으로 옥봉과 죽서가 겪어야 했던 고독과 고통들이 오히려 그들이 문학을 가다듬는 역할을 했다고도 말할 수 있다. 또한 그러한 현실이 당시에는 개인의 불행으로 자리하였으나, 후세의 우리들에게는 조선 여류들의 한시문학의 향기를 접하게 해주었다는 점은 다행이라 아니할 수 없다.

  - 최우영

原詩題目 찾아보기